KB058721

恍
惚

시의 황홀

시의 황홀

고은
지음

恍
惚

김형수
엮음

RHK
알에이치코리아

詩

한 편의 시 이전

주어主語 없는 언어로도 얼마든지 살 수 있는 그런 삶이 시작되었다.
아득한 옛날부터였다.

산의 백성들이었다. 산기슭에서 태어나고 그 산기슭에서 묻혔다.

오랜 세월 산을 섬기며 산기슭의 시가詩歌를 눈물같이 이슬같이 낳았
다. 그러므로 산을 앞과 뒤로 삼고 산의 네 절기를 살며 자연의 변
주變奏를 어느 누구의 삶에도 불가결의 율동으로 불러들였다.

산줄기로 그 위의 하늘을 섬겼고 그러다가 그 산줄기를 꿈틀거리는
용龍으로 삼아왔다. 그런 세월 속에서 한 장소를 묵묵하게 지키는 산
의 자세는 산기슭의 삶을 통해서 표현의 언어를 허여許與하는 것 저
쪽에서 침묵의 언어도 맞이하게 되었다.

또한 산기슭에서는 인간의 안쪽에 잠겨있는 시적인 본성을 호젓이

드러내는 수행을 일삼기도 한다. 시는 오래전에 신들의 희로애락이었다. 그런 뒤 인간의 원시적인 혼의 자동自動으로 나아갔다.

이런 산의 차원 저 아래에서도 신성한 여러 삶의 저녁연기 피어오르는 주어 없는 마을의 하루하루가 저무는 들녘이 있었다. 그런 곳을 가로지는 강물 위에 먼 산 그림자를 그려내고 있었다. 대대로 이어오는 농경 사회의 한 노인이 밭일을 마친 뒤 삽자루를 그 강물에 씻을 때 산 그림자가 산산이 부서지기도 했다.

이쯤에서 한 주어의 1인칭이 나선다. 나 말이다. 어린 시절의 나는 이렇게 산의 아이들 중의 하나로 식민지의 궁핍과 타율 속에서도 자신만의 풍요한 밤하늘의 별빛 아래 아무도 몰래 샘솟는 어떤 신명神明에 파묻히기 시작했다.

밥상은 초라했으나 마음은 찬란했다.

그런 나머지 고향의 나지막한 산마루에 올라서서 저 멀리 가로누운 바다의 전신全身을 보았다. 자아가 다 열려서 하나의 세계가 피어오르는 듯했다. 내가 자라나고 있는 마을이 나였고 내가 처음으로 바라본 먼 바다는 나를 다 빨아들인 전혀 새로운 세계였다. 그런 세계는 밤하늘 속에서도 더 우주적인 자기확대를 이루어주고 있었다.

시가 태어나는 바다는 거의 빈 바다였다. 만에 하나일 듯 아주 작은 돛배 한 척이 환각처럼 떠있을 때의 하염없는 기쁨은 이따금 두 끼니 세 끼니도 굶어야 하는 절량농가絶糧農家의 허약한 아이에게 속 깊은 축복이었다.

바다는 그렇게 내 어린 시절의 심상心象의 어떤 황홀경이었다. 이 세상 만유인력萬有引力 다음으로 내 미지未知에의 동경憧憬을 이끌어가는 자력磁力이었을 것이다. 어쩌면 그런 자력이야말로 이 세상 도처에 잠겨있는 영혼을 사물 속에서 불러내는 것인지 모른다.

이 같은 어린 시절의 선험적이기까지 한 동경이 끝내 전쟁 앞에서 어디론가 사라져버리고 만다.

산야가 초토로 되고 도읍들이 폐허가 되었다. 그런 폐허에서 살아남은 인간의 의식과 정서에도 당연히 황량한 폐허를 들여놓아야 했다. 1950년 여름의 남한은 갑작스러운 북한의 남침으로 대부분의 영토를 내주어버렸고 또 그해 가을에는 북한 대부분의 영토를 남한과 미군 등 UN군이 차지하다가 말았다.

1951년 1월의 후퇴 당시 나는 아버지와 함께 좌우익의 학살과 보복 학살의 반복 속에서 가까스로 살아난 뒤 임시수도로 향하는 피난선을 탔다. 한겨울 폭풍설의 난바다 도중 한 섬에 표착漂着함으로써 그곳 몇 개월 내내 바다의 나날을 살았다.

동아시아의 한 상형문자로 바다라는 글자는 '물의 암흑'을 뜻하고 바다를 부정否定의 공간으로 단정하고 있다. 나의 십 대 후반의 한동

안 이런 바다와의 대면을 통해서 그 영구지속의 파도와 파도 소리에 파묻힌 나는 아무런 의지도 내보일 수 없었다.

그 이래 나는 한반도 휴전선으로 가로막힌 산야의 온갖 산과 바닷가를 떠도는 시간 속에서 3년간의 전쟁으로 몇 백만 명이 죽어간 과거도 미래도 없는 폐허에 돋아난 허무에만 길들여졌다.

바다에는 파도의 불규칙적인 규칙이 밤낮없이 계속되는 능동^{能動}의 생활이 있었다. 그 능동이란 정작 태양계 행성과 행성의 위성 사이의 우주역학에 의해서 생겨난 수동^{受動}이기도 한 것이다.

그러고 보니, 이 세상의 그 무엇 하나도 다른 무엇들과 서로 원인이 되어주고 결과가 되어주는 끝없는 관계의 진행으로 존속되고 있는 것이다.

그래서인지 모른다. 바다를 통 모르는 뭍의 오지에 솟아있는 산기슭의 암자 처마 끝에는 으레 먼 바닷속 고기 형상의 풍경이 풍경 소리를 내고 있다.

어쩌면 이런 뜻밖의 발상이 산의 침묵과 바다의 언어를 만나는 것을 뜻하는지 모른다. 아니, 바다 밑에도 또 하나의 산줄기 일부분이 내달리다가 그 바다 위의 섬으로 솟아나고 있는 것은 끝내 바다와 산의 일여^{一如}에 다름 아닐 것이다.

대학의 내 강좌에서 산에 가면 일기를 쓰고 바다에 가면 편지를 쓰라고 자주 말하는 이유는 산의 자아 찾기와 바다에서의 세계지향의 은유 때문이기도 하다.

1960년대 전반 나는 한반도의 남단 제주도에서 3년을 보냈다. 그곳의 가난한 소년소녀를 모아 아직 의무교육 실시 이전의 시절에 사립중학교를 세워 가르쳤다. 교장 겸 국어·미술 교사였다.

아침 조회와 첫 시간 수업을 마친 뒤 나는 제주해협을 정면으로 맞선 별도봉의 아스라한 절벽 아래로 갔다. 그곳은 나만의 비경秘境이었다.

거기서 반나절이나 한나절 내내 귀청을 뚫는 파도의 굉음 속에 나자신을 파묻었다. 내 하나밖에 남아있지 않은 고막과 청신경이 손상되어 난청 상태가 되는 것도 모르는 그 엄청난 소리의 폭력이야말로 나의 고독조차도 무효로 만들어버렸다.

지난날 승려 10년의 산중 선禪 생활에서의 묵언黙言은 어떤 단일명제 앞에서 일체를 버리는 몰입이었으나 바닷가 파도가 암벽에 부딪혀 옥쇄玉碎하는 현장에서는 그 따위 명제도 어디로 날아가버리는 자기폐기의 무위에 잠길 수밖에 없었다. 극한의 환경에서는 한갓 인간의 사유도 형이상학 따위도 아무짝에 쓸모없다.

나의 무위無爲는 이런 파도 분쇄의 굉음 속에서 태어났다. 무위가 길어지면서 하나의 유위有爲에 이르렀다.

파도가 와서 죽고 와서 죽고를 영원히 반복했다. 어느 날의 이적異蹟 같은 평상으로 파도는 자신의 힘으로 언제까지나 철썩대고 있는 것이다. 나는 시의 자궁으로서의 음률을 파도의 그 불멸의 파도 치기를 통해서 새삼스럽게 터득할 수 있었다.

시의 화석이 시의 생명으로 소생하는 창조적인 진화進化야말로 파도와 파도 소리가 나를 에워싸고 있는 위대한 허무의 파동波動으로 가능했다. 제주도 3년 생활이 내 시 운명의 원점이라고 말하는 까닭이 여기 있다.

직각의 아스라한 암벽에 온몸을 분쇄해버리는 그 자기 멸각滅却의 파도로써 준準규칙적인 파괴를 쉬지 않고 지속할 때 나는 차라리 거기서 비약적으로 우주적인 음률을 발견해냈다.

파도의 일정한 반복 동작은 반복이 아니라 파도 자락 하나하나의 삶의 번제燔祭를 거듭함으로써 마침내 우주의 전全 율동에 기여하는 상태가 되는 것이다. 하나가 전체였다.

여기서 나는 내 언어의 음악을 아무도 모르는 땅속의 석판石板처럼 얻어낼 수 있었다. 이 바다의 위대한 선물은 산이 내 언어의 형상과 색의 미학을 불러온 은덕과 함께 내 시의 전천후적인 행위에 부여된 본연本然의 은혜가 되었다.

산에서는 나 자신의 안을 만나고 바다에서는 나 자신 밖의 가능으로

숙성되고 있었다. 요컨대 바다 파도의 율동으로 하여금 나 자신의 시혼^{詩魂} 속에 들어있는 태고의 우주운동에 눈을 뜬 것이다.

그런데 이런 우주적인 시적 전개는 반드시 내가 살아온 동아시아 한반도의 오랜 삶의 역정^{歷程}에 본능적으로 닿아있는 사실에 등 돌릴 수 없다.

한반도 선사시대 이래의 오랜 샤머니즘 환경 위에서 삶과 문화의 원동력인 '신명'이나 '흥^興' 그리고 '한^恨'이야말로 나에게는 한반도의 산과 바다에 대한 혼의 총칭^{總稱}으로 섬겨졌다. 내 종교는 한 편의 시를 낳기 직전의 백지이다. 그리고 시가 태어난 직후의 그 심연 같은 무아^{無我}였다.

내 시의 자유란 하나의 율동이며 춤의 상태인 것을 저 파도에의 강렬한 기억과 함께 확인한다. 절로 노래하고 절로 춤추었다.

근대시로서의 자유시나 그 이전의 분명한 무운시^{無韻詩} 혹은 여러 자동기술적인 서술시들의 파격과 함께 자유시로서의 시 행위는 첫째도 둘째도 타자로부터 꾸어다 쓰는 빚을 넘어서 내 안의 자율 형식이 이루어내는 해방일 것이다.

이것은 1950년대 전란 이후 내 사상의 기축이 된 허무가 고대 인도의 무^無와 노장세계의 무위^{無爲} 그리고 19세기 말 서구 니힐리즘 따위가 아닌 조국의 폐허에서 그 폐허의 언어로서의 한 자생^{自生}이었다.

요컨대 시 형식이 나에게 모방주술로 전이된 것이 아니다. 한국 현대시가 서구 모더니즘을 받아들인 그 엽기적인 틀 밖에 있던 소외 상태의 나에게는 차라리 전쟁 고아로서의 고독만이 내 시의 무국적성을 낳았다. 나의 시학은 아리스토텔레스 시학과 전혀 무관하다.

10년 전 미국 시인 게리 스나이더Gary Snyder가 내 시 중의 단시短詩 계열을 지적하면서 그것은 고대 그리스의 그 단시 경향과도 일본의 하이쿠와도 다르다고 말한 것은 나의 다른 시들에도 어느 만큼 해당하는지 모른다.

또한 나는 의식에의 역류 속을 살 때가 많다. 물살을 거스르는 고기인 것이다. 나는 무의식의 청소년으로 산다. 이러한 미성년의 정신사적精神史的인 신분身分은 내일의 성년에 이른다는 도식을 사절한다.

하지만 내 시가 산과 바다라는 지상의 차원에서만 얻어낸 것은 아닐 것이다. 이미 파도 치기에서 파도의 율동은 지구와 달 사이의 항구적인 상호작용으로써 비지상성을 드러내고 있다.

이와 함께 나는 저 고대 바빌로니아 점성술이 아니더라도 알타이 고원의 밤하늘을 가득 메운 별들을 우러르며 살아온 조상의 먼 후예로서, 나 또한 별들이 진화되지 못한 원시의 천문天文에 내 하잘것없는 심신이 닿아있는 사실을 깨닫고 있다.

나의 내면의 마그마는 저 우주에 산재하고 있는 암흑물질 가운데에 아직 태어나지 않은 별들의 가능성과 연결되기를 꿈꾼다. 그래서 나는 항상 뜨겁다.

나는 내 무수한 시들의 어제 그제 없는 가난과 내 시들의 내일 모레 글피의 무일푼으로 시 이전을 산다. 마침내 한 편의 시가 오리라. 그렇게 오는 나의 시가 나이다. 나는 없다.

아, 내 시는 내 조국의 안과 밖에서 울고 있는 아이의 미래일 것이다.

이것 앞의 감회

語

저 나무 좀 보아. 남은 기슭 거기를 숙명의 뿌리를 내리는 곳으로 삼 았어.

숱하디 숱한 비바람도 쨍한 가뭄도 견디어내며 자라난 한 그루로 이 제는 해설피 제 그늘도 의젓이 데리고 있어.

때가 왔나 보아. 그 나무가 잘려서 제 나이테를 생으로 드러내더니 어느 필생의 목공을 만나 칠현금七絃琴의 악기로 소리를 내기에 이르 렀어.

내 운명의 벗 김형수가 바로 그런 명품의 목공이고 이에 앞서 나는 반도강산의 하찮은 그 나무였어. 나뭇가지였어.

언뜻 저 동남아 미얀마의 옛 악기 싸웅의 그윽한 소리 하나 둘 튕겨내니 내 귀가 번쩍하지 않을 수 없어.

오호라 그 나무가 아닐지라도 어느 날 밤의 연금술은 밤새워 끝내 흙 한 줌을 빚어내는 먼동 트는 빈손이었어.

시가 무어냐고 묻지 말아. 시인 노릇 56년이라지만 이 노릇으로 그 무슨 황홀한 대답이라는 것 아직 마련하지 못하고 말았어.

2014년 어느 날 아침
수원 광교산 상화재에서

안녕하세요? 이것은 국민시인 고은의 명시구 100선을 골라 엮은 책입니다.

고은은 1958년에 시인으로 등단하여 지금까지 현역 일선에서 활동하고 있습니다. 그와 동시대에 활동한 시인들은 모두 어린 시절에 소풍을 가면서 보았던 강물들처럼 아득히 먼 옛날 속으로 떠내려갔어요.

우리가 생각할 수 있는 어떤 영역에서도 당대의 최전선을 이렇게 오랫동안 현역으로 지켜온 이는 없습니다. 실로 거대한 '시간의 대륙'을 가로지른 고은의 세계는 그래서 한눈에 담기 어렵다고 합니다. 고은의 관심은 사방, 팔방, 십육방, 삼십이방으로 나누어 읽어도 갈피를 잡을 수 없는 바람결처럼 그것이 발생되는 근원과 흘러가는 방향을 가늠할 수가 없습니다. 그 사유 형식 또한 어떤 이론의 틀에도 갇혀있지 않아서 척도로 삼을 잣대가 없습니다.

그렇다면 우리가 고은 정신의 깊은 곳을 음미할 길은 없을까요? 이 책은 그러한 고민의 산물입니다.

엮은이는 어느 일간지에서 고은과 함께 1년 넘게 대담을 연재한 김형수입니다. 그는 고은의 시인 등단 50주년 때 기념 작품집을 엮으면서 고은 정신의 요체를 "50년 동안의 사춘기"라고 표현한 적이 있습니다. 사춘기란 인간의 신체 안에서 생명의 기운이 격동 치는 특수한 시기를 일컫습니다. 한 소년 혹은 한 소녀의 입맞춤 하나에도 정신과 신체의 전면이 떨리는 시기는 아마 이때밖에 없을 것입니다. 인간의 감수성이 파란만장의 충동에 휩싸여있을 때요 한 존재가 천방지축으로 요동치는 때, 한 삶이 그런 비상시국 같은 찰나를 50년 동안 지속했다는 사실을 빼고는 고은이 그토록 방대한 시를 남긴 경위를 설명할 수 없을 것입니다.

그가 고은이 평생 써온 시 전편을 다시 읽으면서 창조적 영감을 크게 불러일으키는 100편의 시구를 골랐습니다. 우리말의 아름다움과 사려 깊음을 유감없이 자랑하는 이 어록들이 시와 노래를 공부하는 사람들의 작품은 물론 연인들의 편지와 보통 사람들의 고달픈 삶을 달래는 일기, 각종 SNS에서 창조적 메시지와 위로를 나누는 공공의 '힐링' 언어로 사용되기를 바라 마지않습니다.

차
례

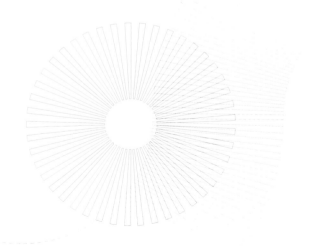

제 1 장

그리운 그대에게

저녁 하늘에는
수많은 이야기들이 적혀있다

네 이야기와
내 이야기가 있다

〈저녁 하늘〉 일부

아직도
새 한 마리 앉아보지 않은
나뭇가지
나뭇가지
얼마나 많겠는가

〈부탁〉 일부

당신은 당신의 생애에서 보름달을 몇 번이나 보았는가?

대략 스무 번? 아니, 많아야 열 번. 어쩌면 다섯 번뿐인지 모른다. 그러면서 늘 보름달의 모든 것을 다 아는 사람처럼 말한다. 당신이 사랑하는 사람을 마치 다 안다고 여기듯이. 당신의 아내에게도 아직 당신이 닿아보지 못한 미지의 땅이 얼마나 많은가?

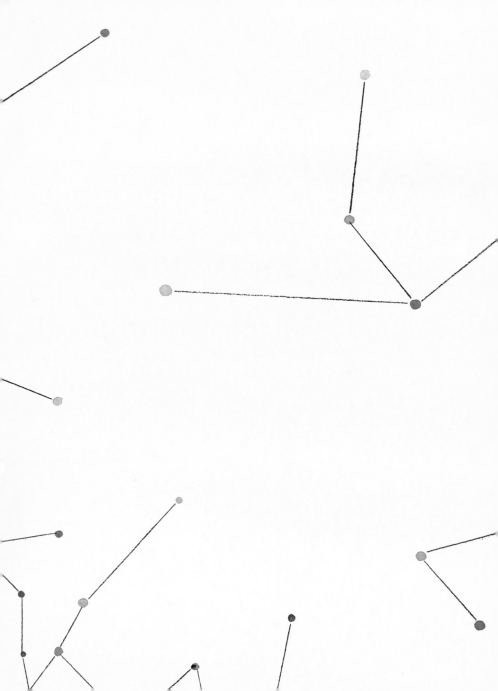

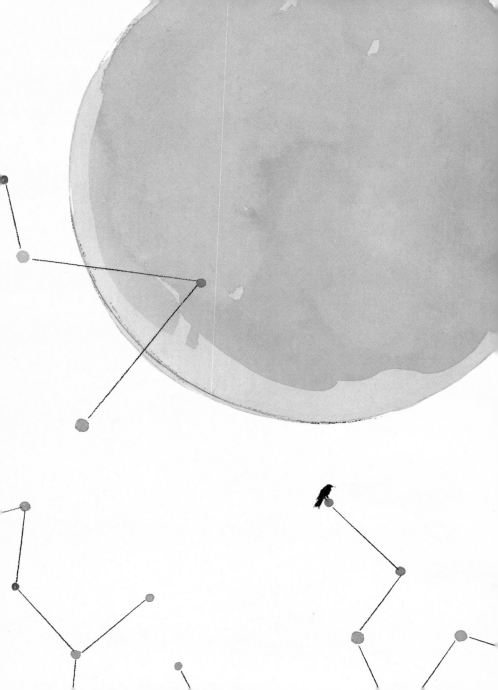

물결이 다하는 곳까지가 바다이다
대기 속에서
그 사람의 숨결이 닿는 데까지가
그 사람이다

〈그리움〉 일부

저물어가는 것이 얼마나 다행이냐
하루가 저물어
떠나간 사람 생각하는 것이

〈하루〉 일부

돌멩이 하나 던져서
어둠에 맞는 소리

밤길 혼자 가다가 둘이 되다

〈여수旅愁 45〉 전문

살아있는 모든 것은 언제나 규정되기 이전의 어둠처럼 깜깜하면서 동시에 자명하다. 자명하면서 어둡고 어두우면서 자명한, 세상의 양쪽을 껴안는 관념의 바다에 고은의 시가 산다.

바람이 사람일 때가 있다
그와 함께 이야기하고 싶을 때가 있다

〈대화〉 일부

파도는
지는 해를 가장 사랑한다
파도는
뜨는 달을 가장 사랑한다

나는 그 이상을 모르고 돌아온다

〈무제시편 369〉 일부

주어인 파도는 가장 아름다운 순간을 사랑하고, 또 하나의 주
어인 나는 온 정성을 다해 모르는 것으로 예의를 다한다.

무슨 말이 필요할 것인가.

저 불빛 하나!
눈 감았다가
다시 눈떠서
함께 잠을 이루지 못하네

〈여수旅愁 52〉 전문

주로 이런 시를 읽을 때 고은 시인이 황지우 시인에게 했다던 말이 생각난다.

"아직 치지 않은 종 안에서 누가 치기만 하면 바로 울려 퍼지려고 대기하고 있는 그 울림의 전야前夜야말로 내 운명이라고 생각해."

잠들기 전 베갯머리
밤에는 미운 사람이 더 밉고
그리운 사람이 더 그리워진다

〈원수〉 일부

만남과 만남 사이
그 골짝을
누구는 헤어짐이라 한다
유월의 밤이 깊다
그대와 헤어진 뒤
나는 나 자신과도 헤어져 밤이 깊다

〈영월에서〉 일부

'남'이 없으면 '나'도 없다. '타자'가 사라지면 '자아'도 성립하지 못한다. 대화는 서로가 다르기 때문에 생겨나고 독백은 서로 다를 수가 없기 때문에 생겨나는 것.

아, 말귀 어두운 여인이여! 오늘따라 왜 이리 그리운 것이냐.

보라. 노을빛이 닿아 쩡 울리는 소리들이
이제 죽어서 밤이 되리라
내 지나간 삶의 노을에 물들었던
뒷모습의 어디도 죽어 어두워갔다
친구여 사랑은 눈 감아도 눈부시더냐
밤은 밤새도록 썩지 않는다

〈유혹〉 일부

치명적인 것이 다가온다. 목숨을 걸어야 할 만큼의 예감이 엄습한다. 노을이 지고 영원히 썩지 않는 밤이 오고, 내가 눈을 감아도 어둠 속에 잠겨도 심지어 죽어서 사라져도 눈부시게 빛날 노을이 찾아온다. 이를 어찌하랴.

시인 보들레르는 〈미인〉이라는 시에서 길을 가다가 한순간에 번쩍 눈을 뜨게 한 낯선 여인과의 마주침을 통해 그 자체로 완성되어있는 하나의 사랑이 영원히 눈을 떴다고 말한다. 그 놀라운 진술에서 다만 아쉬운 것은 그 위대한 감탄의 숨결 안에 '노래'가 살아있지 않다는 것이다.

고은을 보라. 그의 놀라운 숨결 속에서는 전 생애를 허무는 붉은 노을에서 쩽! 하고 영혼이 깨어지는 소리(이런 게 노래가 아니겠는가)가 들린다. 드라마틱하다.

새벽에 쫓아나가 빈 거리 다 찾아도
그리운 것은 문이 되어 닫혀있어라

〈여수旅愁 3〉 전문

고은이 젊은 날에 쓴 어느 에세이에서 "인간은 몇 천 년 동안 연애로 살아왔다. 그래서 사랑은 아직도 소설과 영화를 지배하고 서울을 지배한다."라는 구절을 읽다가 "존재는 모두 외로운지고!" 외치던 친구가 생각난다.

제목이 하필 '여수'로다. 떠다니는 자의 우수.

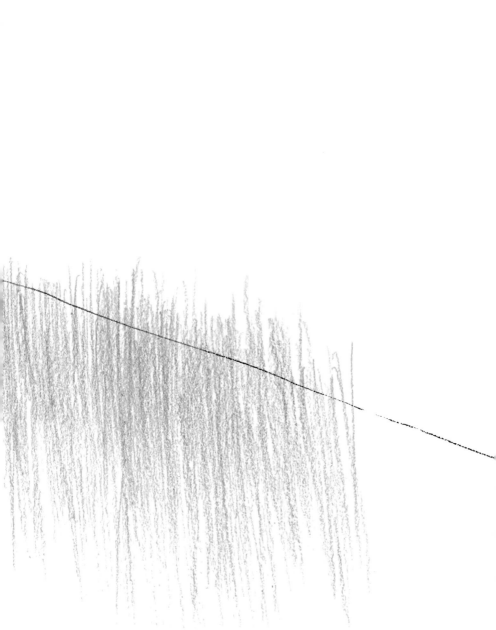

가을엔 편지를 하겠어요
누구라도 그대가 되어 받아주세요
낙엽이 흩어진 날
모르는 여자가 아름다워요

노래 〈가을편지〉 일부

낙엽이 흩어진 날 '모르는 여자'가 아름답다고 한다. 사랑은 언제나 미지의 영토를 향해 퍼부어지는 것인가. 인간은 늘 자기가 모르는 것을 사랑한다. 그래서 정신분석학자 줄리아 크리스테바는 사랑이란 '타인 속에 있는 나를 발견하는 일'이라고 했다. 내 안의 고귀한 순결함이 눈을 뜨는 순간 누구나 새벽 호수 같은 신성한 절대의 '자기' 안에 닿겠지.

그이들끼리
살데

골짜구니 아래도 그 우에도
그이들의 얼얼이 떠서
바람으로 들리데

〈천은사운〉 일부

고요한 절간에 풍경 소리가 번진다. 그 사이사이 빈 곳들 속에서 그 여백과 여백이 바람으로 이어진다. 더불어 있으면서 교감하는 것이 어디 사람들끼리이기만 하랴. 세계는 무엇인가로 가득 연결되어있으니 나는 세상의 혼자가 아니다.

고은의 시 속에는 가끔 위대한 승려가 앉아있다. 그가 무심無心을 얻었을 때만 만질 수 있는, 소유하지 않았을 때만 간직할 수 있는 어떤 세계를 보는 이.

연사흘 그리도 흔들리던
뿌리째
흔들리던
그대

오늘은 바람 한 점 모르고
꼭꼭 입 다물고 멈춰서있어라

〈나무에게〉 일부

세노야 세노야
산과 바다에 우리가 살고
산과 바다에 우리가 가네

세노야 세노야
기쁜 일이면 저 산에 주고
슬픈 일이면 님에게 주네

노래 〈세노야〉 일부

젊은 날 시인이 술값이 없어서 대신 주었다는 즉흥가사가 1970년대 국민가요가 되었다. 가수 양희은이 부르고, 훗날에는 재즈가수 나윤선도 부르고.

그런데 '세노야'는 사람 이름일까, 새나 별, 아니면 은하수나 무지개 같은 자연 현상의 지칭일까? 그것이 군산 앞바다에서 멸치잡이를 하는 어부들이 부르던 노동요의 여흥구라는 건 꽤 뒷날에 밝혀졌다.

문학이론가의 입장에서 〈세노야〉는 시적 장치를 허용하지 않는 요술 같은 시이다. 교과서에서 가르치는 일체의 시적 기재가 작동되지 않는 낱말과 낱말의 연결에서, 우리는 커다란 위안과 성찰을 얻는다. 무상무념. '기쁜 일'은 '저 산이나 바다'에 주고 슬픈 일은 '우리' 즉 '님'과 '나'가 갖는다는 말에서 주목되는 것은 '우리'가 산에서도 살고 바다에서도 사는 것이 아니라 산과 바다 사이에서 산다는 점이다. 산과 바다의 일부가 아니라 새나 동물처럼 그것들의 틈새에서 살면서 연민을 만들고 애증을 기르는데, 그 내부는 전혀 드러나지 않는다.

나는 생각한다. 시적 화자는 무엇을 듣는 것이 아니라 보는 자
이다. '관세음觀世音의 눈'이랄까. 멀리 바다를 보면 아무것도
없다. 그러나 가까이에 서있으면 무엇이 끝없이 출렁이면서
온다. 파도. 원형의 몸은 바다일 뿐인데, 그것은 우리에게 오
면서 '파도'라는 동작을 만들어낸다. 그러니 파도는 부재不在
하는 것이며 한낱 몸짓이자 소리일 뿐. 불가에서 말하는 '바다
에 찍힌 도장' 즉 해인海印이다.

인생은 해인이다. 바다가 아니라 파도다. 생명이 아니라 그 발
바닥이 찍어대는 도장 같은 것.

아무것도 알고 싶지 않습니다
촛불 앞에서
한없이 어리석고 싶습니다
어리석어
어둠이 어둠인 줄도 모르고 싶습니다
사랑이 사랑인 줄도 모르고 싶습니다

〈촛불〉 전문

오 전신주와 전신주 사이의 전화선 같은 영광 있으라
언제까지나 그렇게 이어져가고 있어라
온갖 사연들
그 아래로
눈 내린다

〈전화선 아래 지나가며〉 일부

제 2 장

생의 적막과 소란 속에서

마정리 아이들의 노는 소리

저게 요순시절이구나

나는 안다

아이들의 노는 소리가

만세 소리보다 백 번이나 귀중한 것을

〈삼월三月〉 일부

오늘도 누구의 이야기로 하루를 보냈다

돌아오는 길
나무들이 나를 보고 있다

《순간의 꽃》한 토막

말도 많이 퍼내면 존재가 비워지는지 모른다.
실컷 떠들고 났을 때 찾아오는 공복감. 정신적
공허뿐 아니라 육체적 허기까지 곁들여진 허망
의 느낌. 우리는 자주 그런 상태로 귀가한다.
그때 따르는 시선 하나를 귀신의 것이라 해야
할지 나의 영성이라 해야 할지, 분명 내 것이련
만 그놈은 나에게서 나무를 보는 것이 아니라
나무에게서 나를 본다.

옷소매 떨어진 것을 보면
살아왔구나! 살아왔구나!

〈여수旅愁 158〉 전문

고은의 옛글을 뒤지다가, 옷이란 두고두고 꺼내 입어서 그것
과 함께 해로해왔다는 인생감이 서려야 한다는 구절을 읽었
다. 어느 날 옷소매가 닳아서 부우옇게 보일 때 눈물이 핑 돌
더라는 표현도 잊히지 않는다. 이 시는 아마도 그날 밤에 쓰였
을 것이다.

삶이란 그다지 숭엄하지 않고
또 삶이란 그다지 비천하지 않다
하늘에는 거미줄이 자라고
때때로 별빛이 거기 걸리며 내려온다
아무리 큰 소리를 가진 사람도
별을 아무리 아무리 부를 수 없다

〈을파소〉 일부

빈부귀천 때문에 존재의 가치가 달라지는 건 아니다. 모든 생명체는 저마다 우주의 어떤 지평 속의 한자리를 차지하고 있다. 그것을 노래하면서 "하늘에는 거미줄이 자라고 때때로 별빛이 거기에 걸리며 내려온다." 하다니! 자연의 경이로움에 대한 이 놀라운 데생 능력은 차이 혹은 차별과 상관없이 언제나 생명의 연쇄를 바라볼 줄 아는 자가 누리는 축복이 아닐는지.

가랑잎새마다
누가 죽어있다
저 아래가 세상이고
나는 저 세상으로 내려간다

〈일선사에서〉 전문

낙엽이 한 장씩 떨어질 때마다 생명 하나하나가 바스러질 때마다 그것이 관계 맺었던 우주 한구석이 스러져가는 장엄함이 있다. 우리는 그런 커다란 진실이 보이지 않는 세상의 어느 협소한 기슭에서 생을 이어간다. 인생의 숙제들은 늘 협소한 기슭의 일들이다.

먹밤중 한밤중 새터 중뜸 개들이 시끌짝하게 짖어댄다
이 개 짖으니 저 개도 짖어
들 건너 갈뫼 개까지 덩달아 짖어댄다
이런 개 짖는 소리 사이로
언뜻언뜻 까 여 다 여 따위 말끝이 들린다
밤기러기 드높게 날며
추운 땅으로 떨어뜨리는 소리하고 남이 아니다

〈선제리 아낙네들〉 일부

어릴 적 장터에 유랑극단이 들어왔을 때 마을 사람들이 우루루 몰려가던 생각이 난다. 초봄의 이슥한 땅거미 속으로 뱀 꼬리 같은 어둠이 뭉쳤다 풀렸다 하다가 점점 사람 소리로 바뀌곤 했다. 기러기 떼가 날며 울음소리를 떨어뜨리듯이 군데군데 —까 —여 —다 —여, 이런 끝 발음을 하나씩 떨어뜨리면서 밀려가는 사람들.

나도 문득 깨닫는다. 저 허공 위에 기러기 세상이 있고, 물속 어디에 물고기 세상이 있으며, 대지에도 사람 세상이 있다. 그것은 기러기의 것, 물고기의 것처럼 좋은 놈 착한 놈들이 지은 것이 아니라 쓸모없고 나쁜 놈들도 함께 지은 것이다.

어디선가 개울물 소리가 혼자 중얼거리는지
단 한 번 죽을 까치의 삶이 별빛처럼 까치 소리를 낸다
슬픔일지라도 아픔일지라도 죄일지라도 개울물 소리 가까
이 맡기자

〈저녁 숲길에서〉일부

생은 거창한 이념 때문에 이어지는 사상 증명 같은 것이 아니라 그냥 산골 물소리처럼 '스스로 그러한 것'인지 모른다. 그리고 고은의 시는 늘 그러한 상태를 칭송한다.

예기치 않은 순간에 출현한 어떤 것, 이를테면 어느 골목길을 지날 때 문득 들려온 피아노 소리, 어릴 때 뽕밭에 떨어지던 빗소리……. 옳다거나 그르다거나 하는 게 아니라 우리가 불가피하게 제 모양과 제 빛깔의 온전함을 그 상태 그대로 받아들일 수밖에 없는 난처한 지점을 말이다.

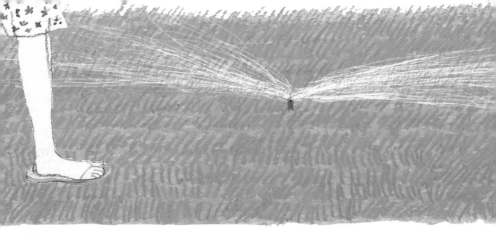

쳇 봄이 왔구나 했더니 한 바퀴 삥 돌아 여름이구나

〈동전 두어 개〉 일부

날파리야 날파리야
이제 보니 네놈밖에 알아줄 놈 없구나
산에 가서 똥 싸면
맨 먼저 웽하고 달려오는 네놈밖에

〈동행〉 일부

내가 똥 누는 순간조차 세계는 나와 함께한다. 존재는 언제나 혐오스럽거나 감추고 싶은 것들과도 함께해야 하는 어떤 '하모니' 속에 놓여있다. 도대체 거룩할 줄이라곤 모르는 이 파리 떼들 좀 봐.

오는 시간은 저리 느리고
가는 시간은 이리 빠르구나

묘지들
묘지 앞 빗돌들
비 맞으며
두런거리는구나

〈무제시편 215〉 일부

시한부 생명이란 없겠다.

나의 무지 앞에서는 그리도 느리게 걷던 시간이 생生 체험을 거친 뒤에는 왜 그렇게도 빨리 흐를까? 그러게 세계는 인간의 체험을 통해 신성하다는 말이 맞다.

시작과 끝, 오는 것과 가는 것의 분별을 넘어서 들려오는 '묘지 앞 빗돌들'의 두런거림. 또 한바탕 시작되는 생명의 기적.

풀 보아
나무 보아
똥 안 누고도
잘 사는
조각달 보아

나야 죽어도 달 못 되어 똥마려워

〈무제시편 103〉 전문

고은의 인식 속에서 도덕이나 지식보다 우선하는 것은 언제
나 살아있음 그 자체이다. 그것은 번개처럼 번뜩이고 물결처
럼 출렁이고 심연처럼 고요해지는 동사動詞들로 이루어져있
다. 그래서 삶에서 사소하고 의미 없는 순간은 없다. 생명은
모두 온몸으로 유지되는 것이니 그것 없이 고상하게 빛나는
풀과 달보다 온 힘을 다해 똥을 누는 순간의 남루함이 더 목숨
의 진면목에 가깝다. 이건 존재의 육체성을 확인하는 시이다.

어젯밤 전국의 해변
그 파도 소리들을 누가 들었는가
각자 제 고장의 항구에서
제 고장 사투리의 파도 소리 들은 자여
오로지 너의 음악만이 복받아라

〈해변의 노래〉 일부

모든 생명은 각자에게 고유한 촛불을 켜놓고 있다. 초원의 유목민들은 자기가 키우는 말馬이 어느 지역의 풀을 뜯느냐에 따라서 마유주馬乳酒의 맛이 달라진다고 한다. 물굽이가 다르고 해협과 유속이 달라서 생기는 파도 소리도, 사람의 입맛도, 사랑의 향기도 저마다 사투리를 갖는다. 어떤 시인은 "모든 악기는 자신의 불우不遇를 다해서 운다."했다. 피장파장.

참새놈들 되게는 시끌짝하다
무슨 일인지
이 세상에 쨱쨱거리지 않는 놈 하나 없다
오냐 오냐 그래야 한다

〈봉모할아버지〉 일부

큰 지혜는 크게 어리석다. 흐르는 물이 수없이 많은 강줄기를 품지 않고서 어떻게 바다에 이를 수 있겠는가. 때로는 수많은 차이와 다양한 소리를 끌어안아야 큰 것이 된다. 봉모할아버지는 '시간의 대륙'을 완주한 자의 가슴을 가지고 있다. 천 개의 어린 시절을 모아서 광활한 노년의 대지를 얻었나 보다.

폭포 소리 복판에서
나는 폭포를 잊어먹었다 하

언제 내가 이토록 열심히
혼자인 적이 있었더냐

〈폭포〉 일부

어릴 때 장터에서 자주 그랬던
것 같다. 수많은 사람들이 바쁘
게 고함치고 떠드는 틈바구니
에서 모든 소리가 문득 휘발되
던 순간들이 있었다. 그때 엄청
난 소란 속에서 나는 이상할 만
큼 평온한 세상의 혼자가 된다.
하, 그 까닭 없이 '혼자인 것'에
열중하는 모습이라니!

누우면 끝장이다
앓는 짐승이
필사적으로
서있는 하루

오늘도 이 세상의 그런 하루였단다 숙아

《순간의 꽃》 한 토막

누구의 생이나 무겁기도 하고 가볍기도 하다. 각각의 목숨 앞에 배당된 이 곤혹스런 무게를 정직하게 견뎌내는 삶의 지난함과 눈부심은 얼마나 놀라운 것인가. 그래서 때론 고통이 나를 찬란해지도록 물들이기도 하는 법이다.

밤중에 뒷간 나갔다가
아이 추워 아이 추워 들어오다가
마을길 웬 인기척 났다
별도 깜짝거렸다

〈밤중〉 일부

밤이 되자 밥보다 술이 좋다
소주 두 병으로 몇 잔씩
어둠 속에서
트럭 옆구리에 불빛이 달렸다

〈객토〉 일부

올해 여든다섯이신데 그 춘추에 정정히 서서
하늘하고 허물없는 사이 되시는지 삿대질 대단하십니다

이런 놈 보았나 이번 큰비 때아닌 비 퍼붓는 놈 보았나

〈하늘〉 일부

아이들 입에 밥 들어가는 것 극락이구나

〈아버지〉 전문

수북수북 눈 쌓여 날짐승 궁하다
개밥 그릇에 와서
개밥 남지기 잘도 먹네
까치 두 마리
아침 저녁 꼭 와서
개 먹고 나면 잘도 먹네

〈밥〉 일부

우리 집 멍멍이 밥 욕심 없는 멍멍이
새끼 다섯 마리나 낳고도 밥 탐 없구나
맨땅에도 낳아놓고 가마니때기에도 낳아놓고
남편이 세 분이라 새끼 각각 다르다

〈강아지〉 일부

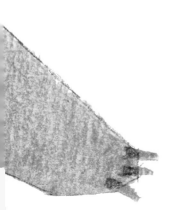

소쩍새가 온몸으로 우는 동안
별들도 온몸으로 빛나고 있다
이런 세상에 내가 버젓이 누워 잠을 청한다

《순간의 꽃》한 토막

소쩍새가 몇 년을 살더라? 그 짧은 생의 한순간을 온몸으로 울고 있는 새와 대략 7천만 광년쯤 떨어져있는 별(아니, 그 별의 유령인 빛)들이 날아와 온몸으로 반짝이는 축복 속에서 생명의 황홀을 감득하는 자의 완벽한 도취를 보라. 시인의 소쩍새가 온몸으로 울고 시인의 별들이 온몸으로 빛나는 저 위대한 찰나야말로 고은 식 주술의 순간일 것이다.

제 3 장

귀뚜라미야,
너도 싸우고 있구나

온종일 장맛비 맞는 거미줄
너에게도 큰 시련이 있구나

《순간의 꽃》한 토막

미안하다
미안하다

나 같은 것이 살아서 국밥을 사 먹는다

'세월호' 때 누가 SNS에 이 시를 올린 적이 있다. 분명히 고은
의 시인데 제목이 기억나지 않는다고 했다. 그 기억이 옳다.
처음부터 제목이 없었으니까.

공동체가 파괴되고 억울한 사람들이 지천으로 널려서 울음
울 때 그 어쩌할 수 없는 아픔을 시인 브레히트는 '살아남은
자의 슬픔'이라 했다. 벗어던질 수 없는 원죄 의식, 달아날 수
없는 자기혐오!

겸허함이여
항구에 돌아오는 배
오만함이여
항구를 떠나는 배

《순간의 꽃》한 토막

이 시는 내게 어린 시절에 가출한 한 기업가를 상기시킨다. 그는 소년 시절에 가난이 싫어서 고향을 탈주했다. 아버지가 소판 돈을 훔쳤지만, 누가 알 것인가? 그 도도한 기세, 험난한 세파도 무섭지 않던 뒷모습. 훗날, 그 소년이 화려한 거장이 되어 금의환향을 시도한다. 어린 시절의 빚을 갚기 위해 소 500마리를 끌고 휴전선을 넘을 때 다들 숨죽였다. 겸허하여라. 머나먼 항해를 마치고 돌아오는 배.

불멸이란 얼마나 슬픈 것인가
이 세상은 부서지는 세상인 것을

〈어느 기념비〉 일부

쇠비름풀아 아무리 뻗친 너도 베어놓으면 시드는구나

〈풀〉 일부

어쩔거나 아무런 노력 없이도
땀을 뻘뻘 흘리고 있다
위대한 것이라고는
하나도 없이

〈폭염 이후〉일부

지금 나는 드넓은 후면^{後面}을 돌아본다
삶은 까닭 없이 넓구나
길들이 재회한다. 하나의 길이 상모처럼 굽이친다
누가 저 길로 빗발치며 올 것인가

〈편지〉 일부

삶은 물리적인 것과 영적인 작용이 함께한다. 대개의 사유는 물리적인 것만 일목요연하게 정돈하거나 영적인 작용만 허황되게 늘어놓는다. 고은의 언어가 마술 같은 것은 그 둘이 언제나 한 몸에 깃들기 때문이다.

이 시에서도 이미 체험된 것의 까닭 없는 허전함 사이로 문득 낯선 예감이 끼어든다. 예감은 아직 도래하지 않은 현실이다. 쇠붙이의 떨림이 종소리로 바뀌기 직전의 상태.

가을장마는 미친년 볼기짝이지
욕먹을 데도 없이
집중호우로 쏟아지기도 하고
뚝딱 시침 떼기도 하지

〈하늘〉 일부

서른 살 때

아버님 돌아가셨다

예순다섯 살 때

어머님 돌아가셨다

일흔다섯 살 때 장모님 담배 세 대째 피우다 돌아가셨다

이제 어김없는 은혜로 내 차례다 구름이 나를 본다

〈구름을 보다〉 일부

이상한 노릇이다 과일이 벌써 벌써 익었다
그 캄캄한 살이 싱싱하게 아프리라

〈과육果肉〉 일부

오래 발효된 술일수록 향기가 짙다. 원숙해지고 무르익는다는
것이 고통과 아픔을 달관하게 된다는 걸 뜻하지는 않는다.
어른이 될수록, 늙을수록 고독이 깊어진다는 것을 왜들 모를까?

누구는 그냥 샛강이라고 불렀다
누구는 벙어리 강이라고 불렀다
누구는 초승달, 서른 개나 묻힌 강이라고 불렀다
누구는 어린 시절
이쁜 정순이 넋 떠내려간 강이라고 불렀다

〈샛강〉 일부

시인 폴 발레리는 '인간 하나하나가 만물의 척도'라고 했다.
72억의 인간들은 각자 다른 72억 개의 대지를 가지고 산다.
사람의 심연은 저마다 하나의 독자 정부일 수밖에 없는 법, 그
신성불가침의 내면들을 감히 제멋대로 주무르려 하는 몽상가
들이 있다니! 히틀러 같은 것들. 제국주의자 놈들.

망한 지 오래된 곳 이렇게 쓸쓸하구나
술주정꾼도
갈보도 없구나

〈부여〉 전문

지구는 치욕이다
백만 명이 죽었는데
백만 명이 또 죽어간다
탕 탕 탕 총 맞아 죽지
굶어죽다니

〈이디오피아〉 일부

불 안 들여 뜯은 방고래에서
집 나갔다던 개 죽어있었습니다
아버지가 조심조심 들어다 뒷산에 묻어주었습니다
다음 날 비가 왔습니다 비 오자 나뭇잎 컹컹 짖으며 푸르렀
습니다

〈죽은 개〉 전문

밤길은 싸움에서 진 사람인가 통 말이 없었다

〈이화령〉 일부

1980년 이래 나는 절대로 구름하고는 말하지 않았습니다
그리운 사람 하나 없이
하루하루 견디는 일이 가장 괴로웠습니다

〈구름에 대하여〉 일부

엄중한 현실을 등지고 음풍농월^{吟風弄月} 하는, 자신과 무관한 뜬
구름을 노래하는 감상적 신파의 정신을 고은은 얼마나 혐오
했던가? 모진 폭염과 비바람의 세월을 피해서 저 홀로 우아한
비겁한 화초들 곁에 서있어야만 하는 등 굽은 나무의 외로움
이여!

바람이 되어
밤하늘 속
머나먼 길 건너가는
기러기 날개 지치고 지치는 뼈만 남은 길

〈누가 묻더라〉 일부

사랑하는 이여. 하늘의 별은 언제나 독자적인 별자리 속에서 기쁘거나 슬프거나 외로운 상태를 만들지만, 사실 그 기쁨 그 외로움이 별빛에 담겨있었던 것은 아니다. 별을 바라보는 자의 저 뒤쪽 어디, 존재의 알 수 없는 그늘에 숨어있다가 섬광처럼 느닷없이 기습해온 것, 오직 보았던 자가 혼자 간직해야 할 무엇인 것이다.

웅변이
젊은이들을 압도할 때마다
박차고 일어난다
웅변에는 확신뿐이니까
머리카락 한 개의 고뇌도 없으니까

〈그대의 웅변〉 일부

나는 옳다. 그래서 힘을 내어 또 옳다. 그러다 마침내 옳고 옳음에 도취되어 익사하고 만다. 소위 머리카락 한 올의 고뇌도 없이. 그리고 세월이 흘러 그 순간을 돌아보게 되었을 때 몸서리치게 확인한다. 하필 나는 그때 왜 만인을 위한다는 웅변가의 얼굴을 하고 있었을꼬.

그들이 항상 먼저였다
어둑어둑한 데서
거리의 쓰레기를 쓸고 있었다
그들이 먼저였다
공장으로 가는 그들이 먼저였다
첫차는 씽씽 달려간다
이때뿐이다
가장 좋은 때는 새벽뿐이다
그놈들 아직 뻗어있으니까

〈새벽〉 전문

귀뚜라미야
밤새도록 너는 싸우고 있구나
거룩하구나
우리에게는 오두막도 없이
언제나 반대가 옳았다

〈입추 뒤〉 일부

제 4 장

봄이 오면
새싹들이 들판을 호령한다

누구의 말이라도 말 속에는
일생의 파도 소리가 들어있다

〈소등消燈〉 일부

무르팍 시리다
어디서 물소리
온세상 잠꼬대
재채기 서너번

〈밤 방선*〉 전문

• 방선放禪: 좌선을 하거나 불경을 읽는 시간이 다 되어 공부하던 것을 쉬는 일

낮에 논에 나가 뙤약볕에서 등짐하고 돌아온 밤이다. 육신은 고달프기 그지없는데 어쩌자고 새벽에 깨어 어둠과 마주하고 있는가. 무르팍이 시리고 기침을 콜록콜록하는 것이 아릿한 용맹정진의 통증으로 다가오는 이유는 세계를 위해서 충분히 노동을 바쳤기 때문일까.

눈 내린다
마을에서 개가 되고 싶다
마을 보리밭에서 개가 되고 싶다
아냐
깊은 산중
아무것도 모르고
잠든 곰이 되고 싶다

〈눈 내리는 날〉 일부

문명에 오염되지 않는 원시의 몸, 문명의 관념에 포섭되지 않는 원시적 감정의 순결함. 그냥 눈밭에서 뛰어다니는 강아지 같은, 또는 깊은 겨울잠에 빠져든 곰 같은 몸이 추는 춤, 그 몸이 꾸는 꿈과 노래. 고은은 그런 것을 그리워하나 보다.

토끼풀 밭에서 몰고 온 이웃집 황소는 긴 입 안이 가득하게
헛새김질을 한다. 제 주인의 잘못을 오래오래 걱정할 때도
있다

〈내 아내의 농업農業〉 일부

강은 얼음판이고 들은 깊숙하게 잠들어있다
날마다 일이 넘치던 한여름이 오늘 아침에는
한낱 어린애의 어수선한 꿈이로구나

〈한천을 따라〉 일부

떠난 나그네들아 나라 없는 나그네들아 돌아오라
가을 저문 들 늙은 것 어린 것이 돌아가듯이 돌아오라
어이 한갓 게 따위뿐이냐 가장 멀리까지 헤엄쳐간 오징어들아
동해 한복판 동경 1백36도까지 헤엄쳐간 오징어들아
아니 대낮 고성 속초 주문진 평해까지 널린 오징어들아
너희들도 다시 살아나 눈부신 물오징어로 헤엄쳐
모든 죽음으로부터 삶으로 돌아가는 장엄한 부활로
너희들의 자유와 관능으로 너희들의 커다란 떨거지로
울릉도 독도 그 너머 한복판의 무한으로 가거라

〈부활〉 일부

동해 바닷가 마을의 빨랫줄에 널린 마른오징어들을 보면서 슬퍼한다. 그대들도 싱싱한 물오징어의 모습으로 되살아나서 장엄한 해조음海潮音을 들을 수 없겠는가. 도대체 우리는 언제까지 이토록 구차한 만신창이로 못 박혀있어야 하는 것이냐.

갓난아기로 돌아가
어머니의 자궁 속으로부터
다시 시작하고 싶을 때가 왜 없으리
삶은 저 혼자서
늘 다음의 파도 소리를 들어야 한다

〈두고 온 시〉 일부

아버지와 아들은 현실이지만
할아버지와 손자 사이는 전설이구나

〈어린 손자와 함께〉 일부

아들과는 현실 안에서 부딪혀야 하는데 손자는 미지의 시간 속에서 홀로 빛난다. 할아버지는 손자를 보면서 새롭게 이어지는, 소멸이 아닌 생성의 지평을 본다. 거기서 오는 평화로움은 늙음을 돌아 다시 어림과 만나는 화해의 기운일까? 신화에서도 입으로 꼬리를 물고 있는 뱀은 시작과 끝이 영원히 맞물리는 상징이다.

뒷산이야 노상 어머니 아닌가
가서 놀던 곳 울던 곳
속상한 누나도 올라가
혼자 싸리버섯 따던 곳

〈뒷산〉 일부

가뭄 꼬리에 비 오셨다
하늘이
하늘님이셨다

〈꽃모종〉 일부

비 맞는 풀 춤추고
비 맞는 돌 잠잔다

《순간의 꽃》한 토막

갈매기는 바다를 잃어버렸다
마구 소리쳤다
갈매기 2세 12세 혹은 1302세……

〈죽은 시인들과의 시간〉 일부

미국의 무용가 이사도라 던컨의 문장에서 고은의 눈빛을 읽은 적이 있다.

　　아무도 바닷가에 서서 바다의 운동이 옛날에는 어떠하였고
　　미래에는 어떻게 될 것인가 하고 물어보지 않는다.

세상 사람들은 흔히 과거보다 미래가 더 발전해야 한다는 이상한 꿈을 신봉한다. 고은은 그걸 이데올로기라 할 것이다. 인간의 감정에서 자연을 빼앗아간 주범.

누님께서 더욱 아름다웠기 때문에 가을이 왔습니다
그렇습니다 진정코 누님이야말로 가을이었습니다
찬 세면洗面 물에 제 푸른 이마 잔주름이 떠오르고
세수를 하고 나면 가을은 마치 하늘이 서서 우는 듯했습니다
멀리 기적汽笛 소리는 확실하고 그 위에 가을은 한 번 더 깊
었습니다

〈사치奢侈〉 일부

고은의 시에서 '현상학'을 느낄 때가 많다. 오늘은 누님이 왜
저렇게 예쁠까, 하고 생각해보니 가을이 와있었다. 가을 때문
에 누님이 예쁜 게 아니라 누님이 예뻐서 문득 가을이 와있던
것을 깨닫는 것이다.

여름내 우거질 대로 우거진 풀 다 말라버렸구나
서슬찬 억새 댕댕이 개망초 박주가리들도
백 년을 살지 않고 단 한철로 다하였구나

〈송내 가서〉 일부

떡잎 상태일 때는 풀과 나무가 잘 구별되지 않는다. 오뉴월이 되면 풀이 무성하게 자라서 나무를 덮어버리기도 한다. 그러나 찬바람이 불면 풀은 말라서 소멸하기 시작하고, 겨울이 오면 완전히 제 모습을 잃어서 이듬해 봄에야 다시 떡잎으로 돌아온다. 그에 반해 나무는 성장이 더디지만 겨울에도 나이테를 남겨서 이듬해 봄이면 전년도에 성장을 멈춘 자리에서 다시 싹을 틔운다. 까닭에 풀은 숲이 되지 못하고 나무는 숲이 되는 것. 풀과 나무는 같은 땅에서 서로가 얼마나 얄미울까.

자작나무 숲의 벗은 몸들이

이 세상을 정직하게 한다 그렇구나 겨울나무들만이 타락을 모른다

〈자작나무 숲으로 가서〉 일부

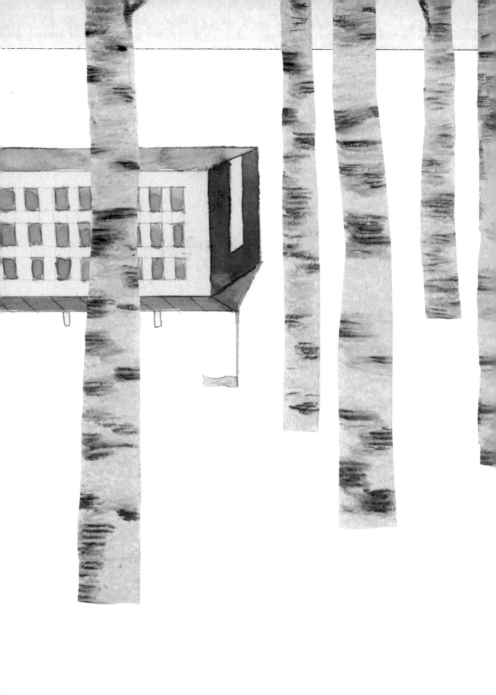

절하고 싶다 저녁연기 자욱한 먼 마을

〈지나가며〉 전문

고은이 김삿갓처럼 떠돌던 방랑 시절의 서정이다. 온 세상을 떠돌다 예기치 않게 만나게 된 사람의 마을. 저녁연기는 지금 군불의 흔적인가 밥 짓는 표시인가. 그것은 풍경이 아니라 사람의 향기로 가득한 사원寺院 같았을 것이다. 그래서 공손히 엎드려 경배하고 싶었을 터.

오고 갈 일이 그다지 많지 않아서인지
그 길은 자주 호젓하여
울고 난 사람 같았다

〈측백나무 울타리〉 일부

생각해보니 내가 중학교 때 걷던 오솔길은 그녀가 지나간 뒤에도 늘 시치미를 떼고 있었다. 이미 해묵은 길이 내게서 나중에 새로워지고는 했다. 고은 언어가 지닌 마술의 힘이 오랜 세월에 걸쳐 나를 수정시켜간 것이다.

상수리나무 잎새는 쉽게 지지 않는다
어떤 바람에도
바람 소리 내며 잘도 견딘다
내년 2월에나
슬픔 하나 없이 지리라

〈초겨울〉 일부

한용운은 타고 남은 재가 다시 불이 되는 것을 노래했다. 부정의 부정은 긍정이 되는 영겁회귀永劫回歸의 결정론 같은 소멸과 생성 사이의 연속성을 노래한 것이다. 이에 비해 고은은 자주 하나의 육신이 온전히 소진되어 남김없이 흩어지는 진정한 종착점을 바라본다. 이 시처럼 자기 스스로 만족할 만큼, 아낌없이 자기 싸움을 완료해버린 것의 슬픔 하나 남지 않는 장엄한 낙하를 경배하는 것이다.

어둠이여 하늘이여 너 밤새도록 일하여
새벽 풀잎 끝에 맺힌 이슬이여

〈이슬〉 전문

이 세상을 폭풍우로 두들겨 패야 할 때가 있다
이 세상을 성난 해일로 덮쳐야 할 때가 있다
비록 흰 거품 물고 물러서지만
오늘의 썰물로 오늘을 버리지 말자

〈오늘의 썰물〉 일부

제 5 장

나는 출항한다.
뱃머리에 서있으리라

내려갈 때 보았네
올라갈 때 보지 못한
그 꽃

《순간의 꽃》한 토막

벗과 더불어 수평선이 있구나
군산 앞바다에 혼자 오지 말자

〈수평선〉 전문

언젠가부터 고향에 닿을 때마다 가슴에 통증이 생기고는 했다. 응당 함께해야 하는 것들이 모두 사라져버린 장소.

군산이 고향인 시인은 성장기에 이미 자신의 요람이 잿더미가 되는 것을 경험하였다. 전쟁은 그에게서 고향의 순정을 모두 빼앗아 가버렸다. 그 텅 빈 세상이 뼈아파서 수차례에 걸쳐 자살을 시도하기도 한다. 고은의 영혼은 이제 영원히 고향의 아름다움을 견딜 수 없게 된 것이다.

전에는 바람이 그냥 바람이었습니다
나도 그런 바람이었습니다
그 몇십 년의 어리석음이
오늘 아침 터득합니다
그냥 바람이 아니라
바람 하나에 열 목숨 나옵니다
보시지요
바람 분 뒤
이렇게도 둥기둥기 큰 봄입니다

〈바람〉 전문

봄비 촉촉 내리는 날
누가 오시나 한두 번 내다보았네

《순간의 꽃》 한 토막

눈 내리는지
안 내리는지
그것도 통 모르는 여관
새벽꿈 가운데서
나는 '광선의 오지'라는 말을 지어냈다

〈꿈〉 일부

젊은 날 갓 상경했을 때 나는 봉천동 반지하 방에서 서울 사람이 되었다. 이제 어엿한 도시인이 되었는데도 늘 바깥 풍경을 모르는 벽지 사람이었다. 특히 거리의 날씨로부터 버려져있는 느낌.

내 외로움에는 언제나 햇빛이 들지 않았다. 고은의 〈꿈〉을 읽을 때마다 나는 그 깊고 깊은 오지의 고독함을 다시 맛본다. 광선의 오지, 빛이 닿지 않는 곳.

함박눈이 내립니다
함박눈이 내립니다 모두 무죄입니다

《순간의 꽃》한 토막

하늘 앞에 가난한 자가 어디 있는가. 못생긴 자, 무식한 자가 어디 있는가. 펑펑 쏟아지는 함박눈이 '이놈, 나쁜 놈!' 하고 피해가는 곳, 더는 쓸모없다고 눈조차 비켜 내리는 자리가 어디 있는가. 이 구차한 지상을 축복하는 함박눈이여. 평등하여라.

두 살짜리 울다가 울다가 지쳐 잠들면
파리떼 온통 달겨들어
콧구멍이고 입이고 목이고
엉덩짝이고 뒤덮어버린다

〈파리〉 일부

고은은 한 생명이 문명의 칸막이 안에 갇혀있지 않는 순간을 결코 놓치지 않는다. 생명이 제도, 체제와 상관없이 저 홀로 어울려 사는, 자연 상태의 '날 것'들이 '날 것'을 만나는 자연으로서의 모습을, 자연으로서의 인간을, 그 놀라움을 그처럼 자주 포착하는 경우란 없다. 그래서 고은에게 세상이란 문명보다 우선하는 생명들의 정원 같은 것이라 해도 될 것이다.

물결이여 네가 잠든 물 우의 고요에
봄비는 내려와 죽는다

〈봄비〉 일부

무성한 연둣빛 새 잎사귀 위에 기름 같은 봄비가 내린다. 잠든 물결을 감히 깨우지도 않고 더 큰 생명 속으로 스며들고 번지는 봄비의 절경. 저 봄비가 죽어서 스며들고 나면 초록이 온 산으로 번질 것이다.

소월 형
지용 형
당신네들 어렴풋이 알았을 거요
인류 맨 처음의 언어가
아아 였던 것

블레이크 형
휠덜린 형
당신네들 어렴풋이 알고 있었을 거요
인류 맨 마지막의 언어가
아아
이리라는 것

지금 내 머리 위에서
어미 아비 없는 푸른 하늘
어미 아비 없는
아아
아아

이 막무가내의 아이들이 나에게 펄펄 내려앉고 있소
저 하늘의 마지막 손수건인가 보오

〈눈 내리는 날〉 전문

세상이 감추고 있는 비밀이라는 것은 언제나 '캄캄한 새로움'
들이다. 그래서 시인의 세계는 깊은 역사와 전통의 흐름 속에
있으면서 동시에 언제나 새것인 이단자의 것이다. 그들의 하
늘에는 어미, 아비도 없는 눈이 내린다. 나는 어미, 아비의 자
식이지만 이 목숨은 그래도 나의 것이다.

이 고요
우리 마음 사이에 걸려
서로 건너오는 다리 노릇
하늘 한 덩어리 잠든 마음
얼마나 숙연한 우주 기슭인지

〈다어茶語〉 일부

시인 타고르는 영원한 시간의 바닷가 모래톱에 뛰노는 아이들을 노래했다. 백 년 남짓 사는 누군들 영원의 바닷가에서 노는 아이들이 아니랴. 그 어떤 모퉁이의 고요를 한순간의 찻잔에 담아내는 크고 깊고 고요한 마음을 고은은 "우주 기슭"이라고 명명하고 있다.

그동안 얼었던 논

녹아서

한 걸음 내디디면 대꾸한다

푹 빠져서

아 오랜만에 흙 같구나

〈얼었던 논〉 일부

달밤에는 백 리까지 한마을이다

〈달밤〉 일부

바람 부는 날
먼 데 바라보면
거기가 내 고향입니다

사람에게는 먼 데가 있어 구원입니다

〈먼 데〉 일부

첫 빗방울
툭 떨어지며 후박나무 잎사귀
깨어난다
이어서
이 잎사귀도
저 잎사귀도

《순간의 꽃》한 토막

운동장에서 뛰어노는 아이들처럼 숲도 밭도 생명의 연쇄 작용 속에서 출렁이고 있다. 한 잎사귀가 비 맞아 깨어나면 비 안 맞은 잎사귀도 비 맞는 잎사귀로 바뀌어간다.

이른 아침 뻐꾸기 세 마리 나란히 앉아
이 세상 좋을시고
저 세상 좋을시고 말 없다

〈뻐꾸기〉 일부

걱정 마라

또 바람이 분다 바람에 빈 가지들 뛰논다

〈너에게〉 전문

태어나서 울어라
분노하라

불이 바람에
화낸다

물고기가
물을 거스른다

영원토록
새의 두 날개가
허공과 맞서 싸워 날고 있다

〈무제시편 136〉 일부

살아있는 것들은 모두 순행과 역행을 동시에 구가한다. 허공을 나는 날개는 자유롭게 퍼덕거리기 이전에 부력의 형상에 따라 날개를 맞춰나간다. 하강하고 상승하고……. 모든 곤혹과 딜레마에는 저마다 비상구가 있다. 삶을 가로막는 것들이 생명에 탄력을 부여하는 것들이다. 울어라. 싸워라. 더불어 감사하라. 그러라고 네게 생명이 있나니.

하늘이 낮달을 묻어둔 채 가만히 눈뜨고 있다
구름 하나 오지 않는다

〈고추잠자리 일기〉 일부

고은은 멀고 가까움을 원근법으로 측정하지 않는다. 그의 가슴에 담긴 눈은 무한한 다중의 시선을 담을 때가 많다. '나'가 나무나 산이나 구름을 보는 것이 아니라 수시로 구름이나 산이나 바위 따위가 '나'를 들여다보는 것이다. 그래서 고은의 문법은 인간의 언어 질서를 넘어서는 주술의 성격을 띤다고 말할 수 있다.

앵두나무 두 그루

앵두꽃 피어

다 일 나가고 빈집인데

그 집 가득히 빛내주고 있다

〈앵두꽃〉 일부

겨울 문의文義에 가서 보았다.

거기까지 다다른 길이

몇 갈래의 길과 가까스로 만나는 것을.

죽음은 어느 죽음만큼

이 세상의 길이 아득하기를 바란다.

마른 소리로 한번씩 귀를 달고

길들은 저마다 추운 소백산백 쪽으로 뻗어간다.

그러나 굽이굽이 삶은 길을 에돌아

잠든 마을에 재를 날리고

문득 팔짱 끼고 서서 견디노라면

먼 산이 너무 가깝다.

눈이여 죽음을 덮고 또 무엇을 덮겠느냐.

〈문의 마을에 가서〉 일부

어느 겨울날 눈이 오는 한 마을을 찾는다. 모든 것이 흰 눈에
덮여 풍경과 사물의 개성이 지워지고, 세상 사람들의 일상의
모습 또한 덮이고 말았다. 낮게 내려앉은 적막 속에서 보이는
것이라곤 '죽음'과 '눈'뿐이다. 그 일체의 허무 속에서 시인이
하는 말은 우리가 알고 있는 어떤 고승의 화두보다도 뜻이
깊다. 눈이 죽음에 이어 덮어야 할 것이 무엇이냐 묻는 것인
지, 눈이 죽음까지 덮었으니 이제 더 이상 덮을 건 없다는 말
인지······.

고은 시인의 문학적 질주는 범인에게는 거의 폭력에 방불할 만한 창조
적 열정의 만화경이었다. 우리가 시집 한 권을 읽고 있을 때 고은 시인
은 시집 세 권을 출간하고 있었다. 그리하여 기상청이 일기변화를 읽
듯이 이 시대의 정신적 동향을 소개하는 수많은 매체와 리뷰들도 고은
에 대한 일기예보는 사실상 포기할 수밖에 없었다.

하지만 고은의 시가 어려울 거라는 생각은 하늘이 무너질까 봐 노심초
사하는 격에 다름 아닐 수 있다. 멀리서 들려오는 종소리가 무슨 뜻을
전하고자 하는지 우리는 알지 못하지만 그래서 어렵다고 생각하지도
않는다. 지난겨울에 탐스런 눈이 내릴 때 하늘이 어깨를 툭툭 쳐서 뭐
라고 말을 했던가? 다들 컨닝 한번 하지 않고 응답한다.

그렇게 읽으면 된다. 고은 시인은 자신의 사유와 영감의 건반을 셀 수
없이 두드리고 있었다. 그것은 모두 고은의 삶이 펼친 악보와 같은 것

이지만 독자가 그 시를 읽고 반응하는 이유는 지은이 때문이 아니라 자신 때문이다. 선율은 우리의 것이다. 우리도 모두 또 다른 건반을 가진 몸통들이다.

인생은 짧지만 누구나 그 짧은 동안에 적막과 소란, 두려움과 위안, 출생과 이별을 경험한다. 그래서 스치는 바람이 두드려도 그곳에서 소리가 흘러나와 음악을 낳는다. 그 소리를 노동자, 사무원, CEO, 학생, 군인이 다 다르게 듣는다고 해서 정답이 틀렸다고 말할 사람은 없다.

노파심에서 한 가지 사실을 밝혀둔다. 고은의 정신은, 영혼의 감탄부호라 할 시를 상식적인 언어로 의미망을 풀이하는 해설과 양립하기 어렵다. 내가 시 옆에 몇 마디 추가한 것들은 독자의 상상력을 돕기 위한 허사虛事에 불과할 뿐 결코 시 해석의 모범답안이 아니다. 그럼에도 불구하고 무모한 역할을 자청해보았다.

아무쪼록 이 책이 널리 퍼져서 명실상부한 '국민시인 고은의 명시구 100선'이 되기를 바라는 마음이 간절하다.

2014년 여름
김형수

시의 황홀

1판 1쇄 인쇄 2014년 8월 12일
1판 1쇄 발행 2014년 8월 22일

지은이 고은
엮은이 김형수

발행인 양원석
편집장 송명주
책임편집 이지혜
전산편집 김미선
해외저작권 황지현, 지소연
제작 문태일, 김수진
영업마케팅 김경만, 정재만, 곽희은, 임충진, 장현기, 김민수, 임우열
            송기현, 우지연, 정미진, 윤선미, 이선미, 최경민

펴낸 곳 ㈜알에이치코리아
주소 서울시 금천구 가산디지털2로 53, 20층(가산동, 한라시그마밸리)
편집문의 02 – 6443 – 8855   구입문의 02 – 6443 – 8838
홈페이지 http://rhk.co.kr
등록 2004년 1월 15일 제2-3726호

ⓒ고은 · 김형수, 2014
Printed in Seoul, Korea

ISBN 978-89-255-5398-6 (03810)

RHK 는 랜덤하우스코리아의 새 이름입니다.